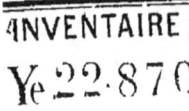

A la Société

des

INCAS,

Hommage respectueux

de l'Auteur

— ◦—

CONGRÈS

HUMANITAIRE,

Par D. Fricot, de Valenciennes

VALENCIENNES,

IMPRIMERIE ET LITHOGRAPHIE DE A. PRIGNET,

Rue de Mons, 9.

1840.

CONGRÈS

HUMANITAIRE.

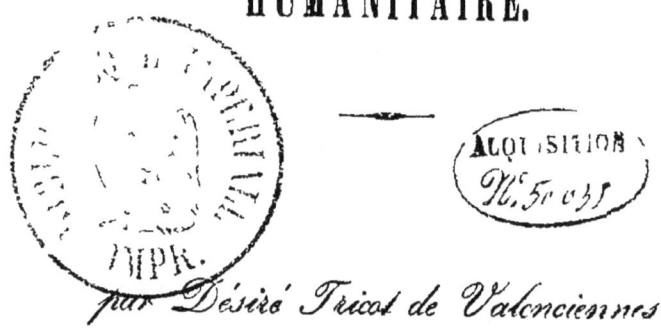

par Désiré Tricot de Valenciennes.

Valenciennes,

IMPRIMERIE DE A. PRIGNET, RUE DE MONS, Nº 9.

1840.

CONGRÈS

HUMANITAIRE.

—————

Non ignara mali , miseris succurrere disco.
VIRGILE.

I

Celui que le Besoin , dans ses dures tenailles ,
N'a jamais travaille ; celui dont les entrailles
N'ont jamais de famine aboye ; qui , l'hiver,
Nonchalamment assis au foyer d'un feu clair,
Ne connaît les frimas que par les fleurs tracees
Aux panneaux scintillants de ses vitres glacees ;
Celui qu'un chaud tissu d'ouate et de velours
Des étreintes du givre a defendu toujours,
Et que la vie, enfin , au pauvre tant amère ,
A toujours caressé comme une bonne mère ,
Celui-là, quand le pauvre et gemit et se tord
Dans les convulsions de la faim qui le mord,

Quand il blasphème et meurt sur le seuil de sa porte,
Celui-là, s'il s'ecrie : « *Après tout, que m'importe?* »
Pourquoi le mettre au ban de la Société,
Comme un vil renégat de toute humanite?
Pourquoi? — Vous avez tort. — Car, voyez-vous, ce riche
N'a point un cœur cruel, mais à son âme en friche
Le labour du Malheur a manqué pour qu'en lui
De la tendre Pitié germât le divin fruit,
Cette noble Pitie, le plus bel apanage
Que Dieu pût accorder à l'homme, son image.

Voyez — A peine il naît, l'Opulence, en des draps
Que la Frise a tissés, le porte entre ses bras;
De fleurs est son berceau, ses langes de dentelle,
Sur son maillot de soie un or brillant ruisselle;
Inaccessible au bruit, un tiède appartement
Protège le sommeil du precieux enfant;
Autour de lui s'empresse une cohue esclave,
Joyeuse quand il rit; morne, s'il pleure et bave;
On le flatte, on le baise; — a sa première dent
On prodigue a mâcher l'or, l'ivoire et l'argent!...
C'est ainsi que pour lui l'existence s'ebauche :

Puis, quand de passions sous sa mamelle gauche,
Qui bondit et pantèle à leur bruyant tocsin,
L'Adolescence importe un redoutable essaim,
Comment domptera-t-il leur violence extrême,
Lui dont chaque désir fut une loi suprême,
Lui qui, de serviteurs et de faste entouré,
Se vit, dès le berceau, comme un Christ, adoré;
Lui qui, pour se plonger dans les voluptés molles,
N'a qu'à jeter son or à d'impures idoles,

Et qui, flatté de tous, se persuade enfin
Qu'il est du monde entier le principe et la fin ?

Comment aimera-t-il les hommes, ses semblables,
Daignera-t-il sécher les pleurs des misérables,
Lui qui se croit pétri d'un plus noble limon,
Qui de chacun des maux ne connaît que le nom,
Lui que, moëlle, esprit, cœur, la Volupté devore ?.....
On ne peut compâtir aux malheurs qu'on ignore !...

On te condamne, ô riche ; eh bien ! moi, je t'absous ;-
Et vous, vous du Besoin pâles victimes, vous,
Convives affamés au banquet de la vie,
A son triste Bonheur ne portez point envie ;
Le sort de l'opulent a son revers fatal :

Si ses plats sont dorés, s'il boit dans le cristal
Les vins les plus vantés ou de France ou d'Espagne,
D'amers dégoûts toujours leur saveur s'accompagne ;
Si son lit d'acajou s'enfle d'un fin duvet,
L'Insomnie homicide, assise a son chevet,
Lui fait un gril ardent de sa moëlleuse couche ;
Les mèts les plus exquis s'aigrissent dans sa bouche
Sommeil, appetit, soif, biens dont vous jouissez,
Ce Bonheur du travail fuit ses sens harassés [1]

— Trop souvent, direz-vous, une funeste crise
Arrête, en son essor, l'Industrie indécise ;
Alors, adieu le pain qui payait nos sueurs,
Adieu de nos foyers les intimes douceurs,
Adieu d'enfants repus cette gaîté folâtre
Qui délassait le père assis au coin de l'âtre. ..
Malheur, malheur à nous ! Voici venir à trois

Le Froid , le Desespoir, la Faim qui mord ses doigts ;
Livide Trinite , Pleiade désastreuse
Qui rend la mort horrible et l'existence affreuse ! .

— Hélas ! vous dites vrai, frères, mais que l'Espoir,
Ne fût-ce qu'un instant, vienne encore s'asseoir,
Comme un ange envoyé par les décrets divins ,
A votre table nue , à vos foyers éteints !..

Pour consoler, nourrir, vêtir votre misere ,
En ce siècle egoiste où tout cœur se resserre ,
Dans la Societe , vil bazar, où l'on vend
Au poids de l'or, honneur, conscience, talent ,
Il est , il est encor plus d'une âme d'elite
Qui pour les droits sacres de la Pitie milite,
Quelques nobles de cœur par qui de votre croix
(Rare et saint dévouement) s'allegera le poids ,
Sublimes mendiants qui sous leurs simples vestes
Recelent des cœurs d'or et des vertus modestes,
Dont l'Opulence altiere elle-même fait cas ,
Pères des malheureux : j'ai nomme LES INCAS.

LES INCAS ! espérez , car a la vie humaine
Eux ont aussi paye leur contingent de peine ;
Esperez ' car plus d'un eut son jour corrosif
Ou le Froid et la Faim se le disputaient vif ;
Esperez : car des maux où vous êtes en butte
La plupart ont subi la meurtrière lutte ;

Aussi leur charite (vous ne l'ignorez point) ,
Immense , illimitee , ainsi que le besoin ,
Ne se restreindra pas a ces aumônes chiches,
Reste indecent du feu de la cire ou des fiches,

Qu'après un bal brillant l'Egoïsme et l'Orgueil
Jettent au pauvre nu, pris de faim sur leur seuil.

De splendides lambris et des stores de soie·
Ne vous cacheront pas leur fête ni leur joie ;
C'est dans nos carrefours, à la face des cieux,
C'est pour vous qu'étalant leurs tissus précieux,
Se bardant de rubis, de perles et d'hermine,
De l'Histoire fouillant l'inépuisable mine,
Ils vont dans un Congrès immense et solennel
Réunir à vos yeux le monde universel.
Ils ne traiteront pas votre aspect de cohue,
Et la fête du pauvre aura lieu dans la rue.

II

Ecoutez, ecoutez ! De son gosier de pierre,
De ses poumons d'airain,
La tour de la cite, géante, svelte, altière.
Dont le crâne est d'etain,
Exhale tour-a-tour les graves harmonies
D'un imposant bourdon
Où gravit et descend les trilles infinies
D'un joyeux carillon !
D'avides curieux les vagues incessantes,
L'intarissable flux
Fond sur Valencienne, et cinq portes beantes
Vont ne suffire plus ;
D'innombrables quêteurs deja l'essaim sillonne
Leurs flots amonceles,
Et Cophte, Arménien, Turc, Jokey, Lazaronne,
Courant echeveles,

D'une voix unanime, ardente, infatigable,
     Vous criant : « Charité !
» Donnez, donnez encor !.. Qui donne au misérable
     » Prête à l'Eternité.
» Donnez, donnez toujours, car la pâle indigence
     » Cet hiver eut bien faim. ..
» Donnez, car votre aumône et sa reconnaissance,
     » Vers le Trône divin,
» Comme un encens suave, une sainte harmonie,
     » Monteront jusqu'au Ciel,
» Et vos noms prendront place au livre de la vie,
     » Inscrits par l'Eternel. »

O de l'Humanite magnanimes apôtres,
     On entend votre voix ;
Déjà vos troncs remplis sont remplacés par d'autres
     De nouveau trop étroits ;
Citadins, campagnards, sur votre vive instance,
     Tous ont sacrifié,
Soit l'obole du pauvre ou l'or de l'opulence,
     A la sainte Pitié.
C'est bien : de l'indigent voilà la moisson faite ;
     Qu'on donne le signal :
Il est temps d'etaler de la pieuse fête
     Le luxe triomphal.

Place au cortége donc!.. — Déployez-vous bannieres,
     Eclatez chants guerriers,
Sous le poids glorieux des phalanges altières,
     Bondissez, fiers coursiers !
Qu'un torrent d'harmonie et de joie et de flamme
     Roule autour de ce char

Qui porte , precédé de sa noble oriflamme ,
    Le brillant *Huascar!!*...
Huascar, fils de l'astre en qui Dieu se révèle
    A l'œil des nations ,
Huascar triomphant dont le front etincelle
    Des paternels rayons ;
Huascar, qui , pour rendre un éclatant hommage
    A son céleste aieul ,
Des siècles descendus dans le tombeau de l'Age
    Déchirant le linceul,
Traîne derriere lui cette poussière humaine
    Que sa magique voix
De l'Indus à l'Escaut , du Tage au Borysthène ,
    Ressuscite à la fois !!...

Leur file éblouissante à nos yeux développe
    Ses splendides anneaux :
Voici venir l'Afrique et l'Asie et l'Europe
    Sur des chars triomphaux ;

Voyez : sur le premier chaque grande puissance
    A ses ambassadeurs ,
Et le representant de notre belle France
    Domine tous les leurs ;
L'envoye de Pekin , couvert d'or et de soie ,
    Gravement fume et dort ,
Et l'Hidalgo d'Espagne , en se drapant , coudoie
    L'Indien du Lahor ;
Le roi noir et crépu des races mauricaudes ,
    Sur un trône ambulant ,
D'ornements diaprés de perles, d'emeraudes ,
    S'avance étincelant.

Voici venir, au son de guerrières fanfares,
     Les Grecs regénerés :
Le martyr Botzaris, et, de ses pallicares
     Les escadrons serrés ;
Te voici Canaris, Erostrate sublime
     Fatal aux Ottomans,
Toi qui dotas les mers de la dépouille opime,
     De leurs vaisseaux fumants.

Monarque, au nez camus, de la zône antipode,
     Mandarins venerés,
Fakirs, bonzes, magot assis dans ta pagode,
     Musiciens, Lettrés,
Des bords du fleuve Jaune où règne l'abondance,
     Qui vous amène ici ?
Est-ce le doux espoir d'adoucir la souffrance ?..
     Pour le pauvre, merci !

A ce front vénerable, à cet œil plein d'audace,
     Reconnaissez *Manko*,
Manko, l'illustre auteur de la puissante race
     Qui règne à Mexico ;
Par des feux d'aloes et des flammes lustrales
     Son trône est eclairé ;
Il plane sur l'essaim des pieuses vestales
     Dont il est entouré

Sur vos fronts genereux que le peuple dépose
     Un laurier merité,
Wallace, *Mac-Gregor*, *Bruce*, *Douglas*, *Montrose*,
     Morts pour la liberté !

Paladins celebres dans nos vieilles chroniques.

Valeureux chevaliers ,
Endossez de nouveau vos armures antiques,
Bardez vos destriers !
Et toi digne heros d'un immortel poème ,
Défenseur de la Foi ,
Terreur de l'Infidèle et roi sans diademe ,
O pieux *Godefroy,*
Sors de la tombe , viens, et les croyances mortes
En nos tristes remparts
S'en vont ressusciter plus vives et plus fortes
Au feu de tes regards !...
Qu'on porte devant lui ces armes , ces bannières ,
Conquises au saint Lieu ,
Qu'on attele à son char les hordes prisonnières
Des ennemis de Dieu !...

Mais sur un trône d'or quelle est cette amazone
A l'œil fier et serein ,
Sur son front vaste et pur resplendit la couronne ,
La lance arme sa main ?....
Qu'on se decouvre tous.... C'est la vivante image
De ma noble cite ,
Le symbole incarne des vertus d'un autre âge :
C'est l'hospitalité ,
La force , la douceur, la pieté gothique,
Les mœurs, la bonne foi ,
Le commerce , les arts, le courage civique ,
Le respect pour la Loi !!
Oui , je la reconnais : c'est bien Valencienne .
C'est bien son ecusson ,
C'est bien les attributs de la Pallas chretienne :
Deux Cygnes, un Lion !.

C'est bien elle ; à ses pieds, ainsi qu'une guirlande,
    Un écrin précieux,
Elle voit se grouper, la superbe Flamande,
    Ses enfants glorieux :
Salut, comte *Baudouin*, vainqueur des Dardanelles,
    Empereur des Latins,
Salut, nobles Croisés, ses compagnons fidèles,
    Salut, fiers Paladins !!..
Salut à *Doultreman*, au bon *Jacques de Guise*,
    A *Le Boucq*, à *Wicart*,
Candides chroniqueurs, beaux de foi, de franchise ;
    Salut à toi, *Froissart*,
Froissart, leur maître à tous, qui sus chanter ta dame
    En gràcieux rondels,
Et colorer d'un style et naïf et plein d'âme
    Tes récits immortels !!...
Salut, frêle *Watteau*, Gilbert de la peinture,
    Qui n'eus qu'un court printemps!..
Pater, Sally, Milhomme, honneur de la sculpture
    Et des burins flamands !!
Bienfaisant fondateur de notre académie,
    Pujol, que j'aperçoi,
Sois content! .. *de ton fils* elle a fait un génie,
    Et le génie est roi ! ..
Il est roi... sur la scène ainsi que sur le trône ;
    Salut! donc : ô Cinna,
Oreste, Gengis-Kan, Hamlet, Sylla, Vendôme,
    Resumés en *Talma*! ...
Et toi, fille des champs et sa sœur en génie,
    Sublime *Duchesnois*,
. Phèdre ardente, implacable et féroce Athalie,
    Fière Alzire aux abois,

Peut-être , de ce char où rayonne ta gloire ,
    Vas-tu cherchant, RAFFIN ,
En quel endroit se dresse un marbre à ta mémoire ?....
    Tu les cherches en vain.....
Console-toi , pourtant , il faut bien qu'il surgisse
    Un jour, en nos remparts ,
A moins que l'on éteigne et que l'on abolisse
    Le culte saint des arts. —

— Dans les sombres détours de la ville espagnole ,
    Le cortége éclatant,
Comme un serpent de flamme , un splendide Pactole ,
    Circule lentement :
Il circule , et la foule immense qui se presse
    A cette ovation ,
Fait retentir le Ciel de ses cris d'allégresse
    Et d'admiration ;
Mais bientôt de la *Place* envahissant l'ovale ,
    Trois fois il le parcourt
Aux éclats de la bombe , à la voix grave , égale ,
    Du bourdon de la *Tour*.
Jusques au comble aigu de leurs hautes façades
    Tout un peuple effréné ,
Sans choix , dans les maisons porte ses escalades ,
    Océan déchaîné
Qui déborde, en grondant , par toutes les croisées
    Et les balcons ouverts ,
Aux magiques reflets des brillantes fusées
    Qui filent dans les airs ; —

— Alors pour accomplir du pieux sacrifice
    Les mystères sacrés ,

Du temple paternel , prismatique édifice ,
  Gravissant les degres ,
Huascar qu'environne une escorte imposante
  D'ambassadeurs pompeux ,
Devant l'autel s'incline et sa voix suppliante
  Porte au Soleil ces vœux :

« Ombre de *Jehovah*, toi par qui , dans le monde ,
» Tout naît, tout se maintient , fleurit et se feconde,
  » Astre brillant du jour !!
» Toi que *Dieu* couronna d'un rayon de sa gloire ,
» Toi qui parcours le ciel dans un char de victoire ,
  » Jette un regard d'amour

» Sur tes fils accourus de l'un à l'autre pole ,
» Pour t'honorer, Soleil , comme le doux symbole
  » De la Divinité ,
» Pour que les dons benis de ta chaleur celeste
» Dissipent les fleaux dont un hiver funeste
  » Frappa la Pauvrete.

 » L'Univers rassemblé t'offre ici son hommage :
» Mahometan , Chrétien , Juif , Idolâtre , Mage ,
  » Vois-nous tous a genoux ,
» Satisfais aux besoins de la nature entière ,
» Moteur universel , entends notre prière ,
  » Soleil, exauce-nous !...

» Au penchant des côteaux que les raisins mûrissent ,
» Que de bles abondants nos sillons se hérissent ,
  » Que s'éloigne le Froid ! ..

» Et pour manifester *à tous* mon origine,
» Des feux étincelants de ta clarté divine
      » Mon père, inonde-moi !!! »

Il dit : et l'Astre-Dieu, d'un torrent de lumière,
      De feux de pourpre et d'or
Enveloppe son fils et son escorte entière
      Ainsi qu'en un *Thabor*

III.

Eh quoi ! tout est fini... N'était ce donc qu'un songe,
De mes sens exaltés un séduisant mensonge.
Cette réunion du Monde universel,
Ces chars et ces flambeaux, cette magnificence,
Et de cent nations cette *Sainte-Alliance*
Jurée, aux yeux de tous, à la face du ciel ?...
Hélas ! il est trop vrai !... tout est fini... ! — Qu'importe ?
Pourvu que l'indigent en sa chaumine emporte
La moisson que pour lui récolta la Pitié,
Pourvu qu'il dorme, au moins, sur de la paille fraîche,
Que son pain soit moins noir, sa femme moins revêche,
Que sa famille entoure un moins sombre foyer...
Qu'importe ?... si *D'Hennin*, avec sa voix flexible,
Vient, à son bénéfice, attendrir notre cœur,
Nous ménageant ainsi, complaisante et sensible,
Pour le pauvre un bienfait, pour le riche un bonheur !

— Modestes fondateurs de ces fêtes augustes,
Honneur, honneur à vous ! et puisse l'Avenir,

Avec les *Bienfaisants*, *les Sages et les Justes*,
Admettre les INCAS que tout cœur doit bénir !!

— Et toi, *Valencienne*, ô ma cité natale,
Toi qui m'as déjà vu, loin de tes murs si chers,
Jouet d'une inconstance à mon repos fatale,
Demander à l'exil des destins moins amers ;
Tu me verras encor bientôt, Valencienne,
Ashavérus maudit, à marcher condamné,
M'arracher, en pleurant, de ton sein fortuné,
N'ayant de protecteur, d'appui qui me soutienne,
Que le bâton rustique offert au pélerin
Par le saule ou l'ormeau qui bordent son chemin !..

Mais si lointain que soit l'exil que me commande
De la Nécessité l'ostracisme cruel,
Toujours, *Valencienne*, ô ma douce flamande,
O ma fière espagnole, ô mon berceau de miel !
Oui, toujours, tes plaisirs, tes arts, ton pâle ciel,
Ton paisible séjour, ton humanité sainte,
Et toutes les vertus qu'enferme ton enceinte,
Dans l'âme du banni (triste et doux souvenir.....),
Comme dans un miroir viendront se réfléchir !!..

www.ingramcontent.com/pod-product-compliance
Lightning Source LLC
Chambersburg PA
CBHW061523170626
46811CB00004B/1821